ullstein

Marco Tschirpke, 1975 im Havelland geboren, steht seit 2003 mit seinen Gedichten und Lapsusliedern auf der Bühne. Bei Ullstein veröffentlichte er die Gedichtbände *Frühling, Sommer, Herbst und Günther* (2015) sowie *Empirisch belegte Brötchen* (2018).

Frank Hoppmann, 1975 im Emsland geboren, gilt als der vielfältigste Vertreter der jüngeren Garde zeitgenössischer satirischer Zeichner und Maler. 2017 wurde er mit dem Deutschen Karikaturenpreis geehrt. Im gleichen Jahr erschien sein Buch *Animalism* im Kunstmann-Verlag.

Marco Tschirpke / Frank Hoppmann

Knallfrosch, Naschkatze & Co.

Handbuch der umgangssprachlichen Tiere

Ullstein

Besuchen Sie uns im Internet:
www.ullstein-buchverlage.de

MIX
Papier aus verantwortungsvollen Quellen
FSC® C083411

Originalausgabe im Ullstein Taschenbuch
1. Auflage März 2019

Umschlaggestaltung: zero-media.net, München
Titelabbildung: © Frank Hoppmann
Layout und Satz: Buch und Gestaltung,
Britta Dieterle und Andrea Päch
Druck und Bindearbeiten: CPI books GmbH, Leck
ISBN 978-3-548-29169-7

Wir haben dieses Buch gemacht,
Drum ziehe, Leser, in Betracht,
Daß wir uns, als wir's machten,
Dabei auch etwas dachten.

Versammelt sind an diesem Ort
Geschöpfe, die man nur als Wort,
Im übertragnen Sinne
Benutzt. Die sind hier drinne.

Naschkatze

Gleich hinterm Eingang sehen wir
Ein ausgesprochen süßes Tier.
Sein Speiseplan ist fade:
Es lebt von Schokolade.

Warteschlange

Nah der Kasse wohnt schon lange
Diese äußerst träge Schlange.
Abends zieht sie ihren Schwanz
Erst ein bißchen ein, dann ganz.

ZZZZZ

Reißwolf

Feinzerteilte Unterlagen
Rieseln rasch in seinen Magen:
Er ernährt sich von Papier
Des Formates DIN A4.

Zugpferd

Gewiß verdient es viel Respekt
Und mehr als einen Groschen.
Das Zugpferd allerdings wird auch
Am häufigsten gedroschen.

Wasserhahn

Sein linkes Auge ist ganz rot,
Sein rechtes äußerst blau.
Wer hat den Wasserhahn verhaun?
Man weiß es nicht genau.

Schluckspecht

So tief ins Glas hinein wie der
Guckt heute Abend keiner mehr.
Wer sonst auch kommt auf den Geschmack
Von Rotwein aus dem Tetrapak?

VINO

Gewohnheitstier

Hier wohnt und wirkt in seinem Trott
Parteigenosse Lanzelot.
Nichts wirft den Guten aus der Bahn,
Er lebt nach dem Fünfjahresplan.

Pleitegeier

Den Raubvögeln ist er verwandt,
Sein Raub jedoch verlief im Sand.
Ein Schnappschuß letzter Nacht zeigt,
Wie ihm der Dax aufs Dach steigt.

Angsthase

Das Langohr sitzt, in Plüsch gepreßt,
In einem Ohrensessel fest:
Vom Rohr des Jägers droht ein Autsch!
Dem Häschen auf der Casting-Couch.

Drahtesel

Aus Holland importierte man
Den Esel mit der Klingel dran.
Er nennt sich Easy Rider
Und hat ein Rad ab, leider.

Ohrwurm

Manchem wird von schlechter Mu-
sik ganz schlecht, und zwar im Nu.
Und dann hofft er, daß er nicht
Marmor, Stein und Eisen bricht …

Zimtzicke

Ganz unausstehlich ist sie nur
Von früh halb acht bis achtzehn Uhr.
Davor, danach, das glaubt kein Schwein,
Ist sie ein echter Sonnenschein.

Klammeraffe

Nicht jedes Lebewesen schafft
Den Aufstieg zur Bürofachkraft.
Doch der hier läßt sich mit Entzücken
Von jeder Sekretärin drücken.

Spinatwachtel

Es hat mit ihrer Jungfernschaft
Kein weiteres Bewenden.
Sie stakst noch ein paar Küken um
Und wird demnächst verenden.

blubb

Bürohengst

Jedermann mit Anstand hat
Sein Getrampel gründlich satt:
Mittags macht er jede Frau
Erst mal an und dann zur Sau.

Schnapsdrossel

Immer wieder um halb vier
Sinkt das religiöse Tier
In den Schlaf beim Stabat mater
Und erwacht mit einem Kater.

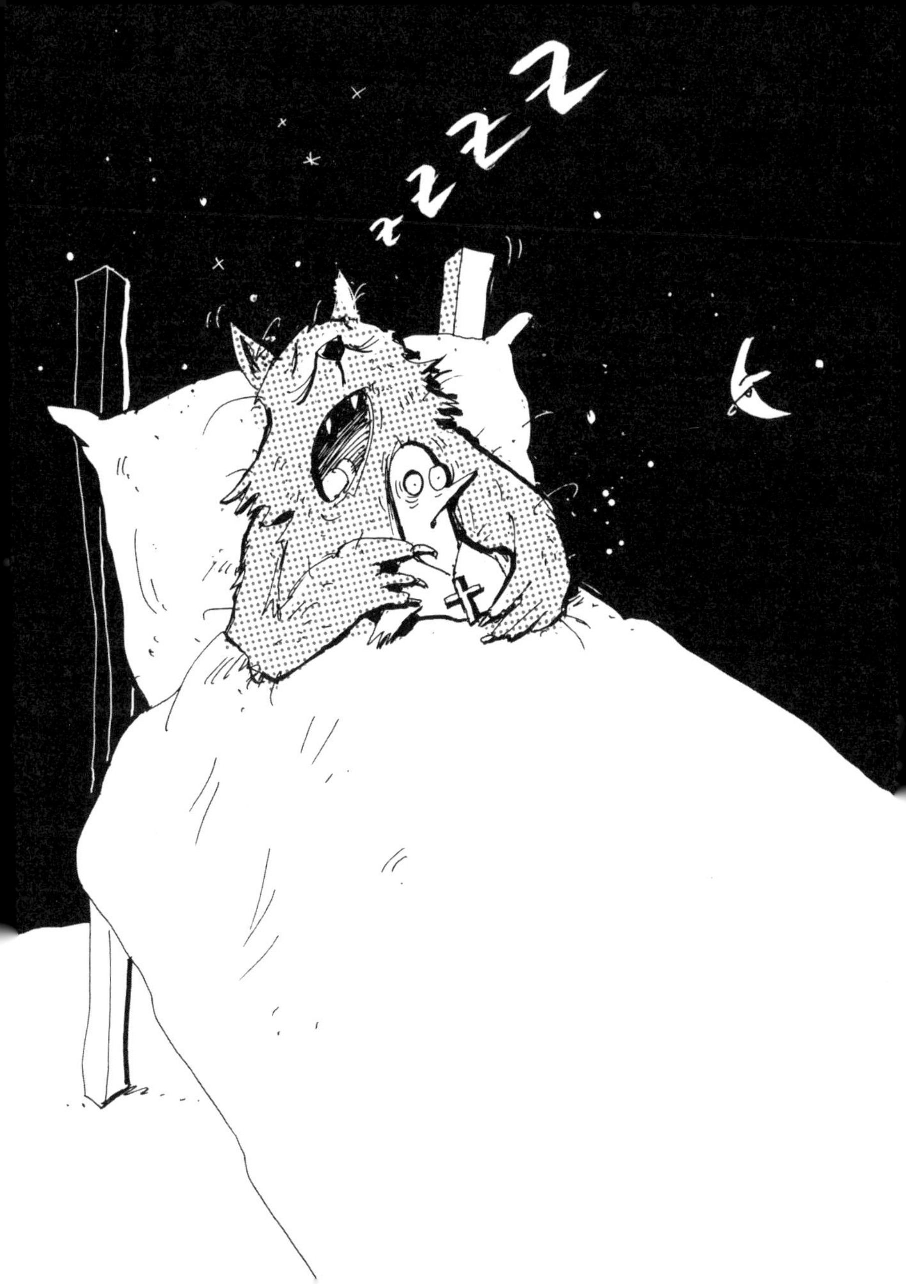
zzzzz

Hornochse

Seine Stirn wird äußerst fest,
Wenn man ihn nur machen läßt:
Immer will er aus dem Stand
Mit dem Kopf durch eine Wand.

Leseratte

Unter einer alten Plane
Stapeln sich die Schundromane:
Eine Rättin liest auch das
Krude Zeug von Günter Grass.

Günt
er
Go

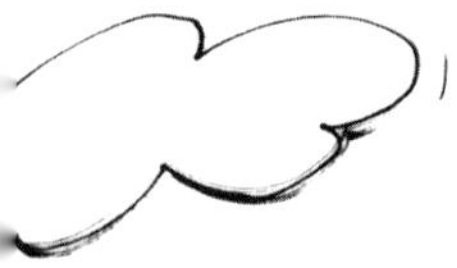

Neidhammel

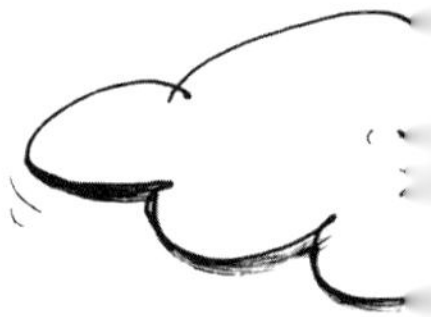

Der Neider leider weiß meist nicht,
Woran es ihm komplett gebricht:
An Langmut, Großmut, Demut und
Vielleicht auch einem Schäferhund.

Käseigel

Ich und du und Müllers Kuh –
Jeder greift begierig zu.
Bald schon liegen alle Stacheln
Abgelutscht auf Couch und Kacheln.

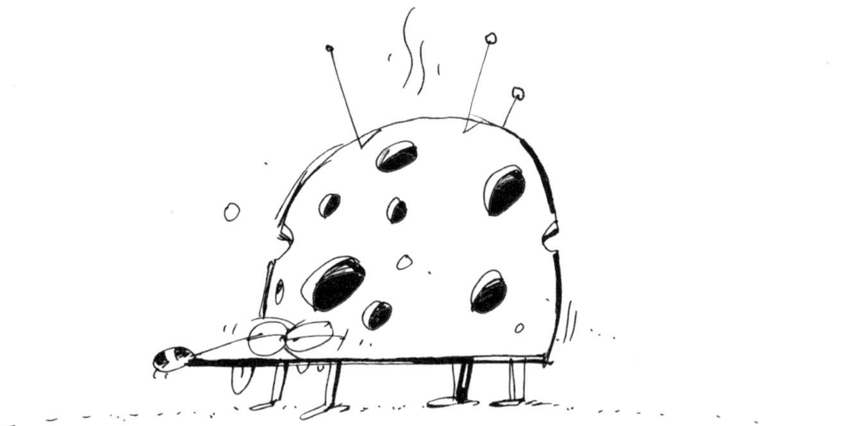

Ziegenpeter

Alle Kinder streicheln froh
Und drauflos im Streichelzoo.
Sorgsam jeden Zentimeter
Harkt im Stall der Ziegenpeter.

Innerer Schweinehund

Noch im Frühjahr, wenn es blüht,
Schlägt er dir auf dein Gemüt.
Selbst die Hürdenläufer finden:
Er ist schwer zu überwinden.

Wetterfrosch

Nie tritt ein, was er vorhersagt.
Der hat wahr- und wirklich Nerven!
Wer im Glashaus sitzt, den sollte
Man mit Steinen nicht bewerfen.

Spaßbremse

Diese fiese Bremsenart
Trifft die Spaßgesellschaft hart:
Weil sie stets im Anflug ist,
Wo die Menge sich bepißt.

Schmierfink

Von links nach rechts fast ohne Halt
Durchfliegt den deutschen Blätterwald
Ein Wandervogel. Piep. Es ist
Der ganz gemeine Journalist.

Zeitungsente

Manche Tiere hier im Zoo
Lassen wir meist im Depot.
Grad die Enten, ungelogen,
Sind dann doch stets aufgeflogen.

quak
quak
quak
quak

Lustmolch

Die Keuschheitsgürteltiere sind
Ihm ganz verhaßt. An seiner Spind-
tür kleben Nahaufnahmen
Sich herzeigender Damen.

Sparschwein

Dieser Schlitz hat wirklich Schwein,
Denn er darf im Rücken sein.
Wäre er am Unterleib,
Wär des Geldes kein Verbleib.

Wollmaus

Tut uns leid, hier sehn Sie nur
Ihren Schwanz. Die Kreatur
Zieht es meist und Gott sei Dank
Hinter einen Einbauschrank.

Versuchskaninchen

Mehrmals waren wir versucht,
Uns das Langohr reinzupfeifen.
Doch stets wackelte es ganz
Herzzerreißend mit dem Schwanz.

Flotter Käfer

Reges Interesse weckt
Leider selten ein Insekt.
Manchers Käfer bleibt indes
Bis ins hohe Alter keß.

Immobilienhai

Wenn man sieht, wie dieses Biest
Seinen schlechten Ruf genießt,
Wünscht man sich das Gäbelein
In den fetten Fisch hinein.

Backfisch

Er bevorzugt kleine Gruppen,
Parfümiert die Diskoschuppen
Und gibt dir die Flosse zum
Zeichen: Krieg mich doch mal rum!

Anstandswauwau

Dieses Tier ist sozusagen
Stets das fünfte Rad am Wagen.
Gerade in der Brunftzeit jetzt
Wird es gerne eingesetzt.

Lackaffe

Bis ins Rentenalter schaffen
Es nur herzlich wenig Affen.
Der hier hält uns noch auf Trab,
Allerdings: Der Lack ist ab.

Wappentier

Niemand hat je aufgespürt,
Was es wohl im Schilde führt.
Axt, Harpune, Schwert? Man kennt
Sich nicht aus im Sortiment.

Zapfhahn

Die Hand der Wirtsfrau packt ihn grob
An seinem goldnen Kamm
Und dreht ihm um knapp neunzig Grad
Die Kehle auf und z'samm.

Rollmops

Diese Zuchtform ohne Beine
Ist recht praktisch: An der Leine
Läuft er dir nicht in den Schritt,
Sondern rollert seitlich mit.

Rampensau

Mitten in der Matschepampe
Nimmt sie auf der Bühnenrampe
Anlauf, springt und segelt zum
Auftakt in ihr Publikum.

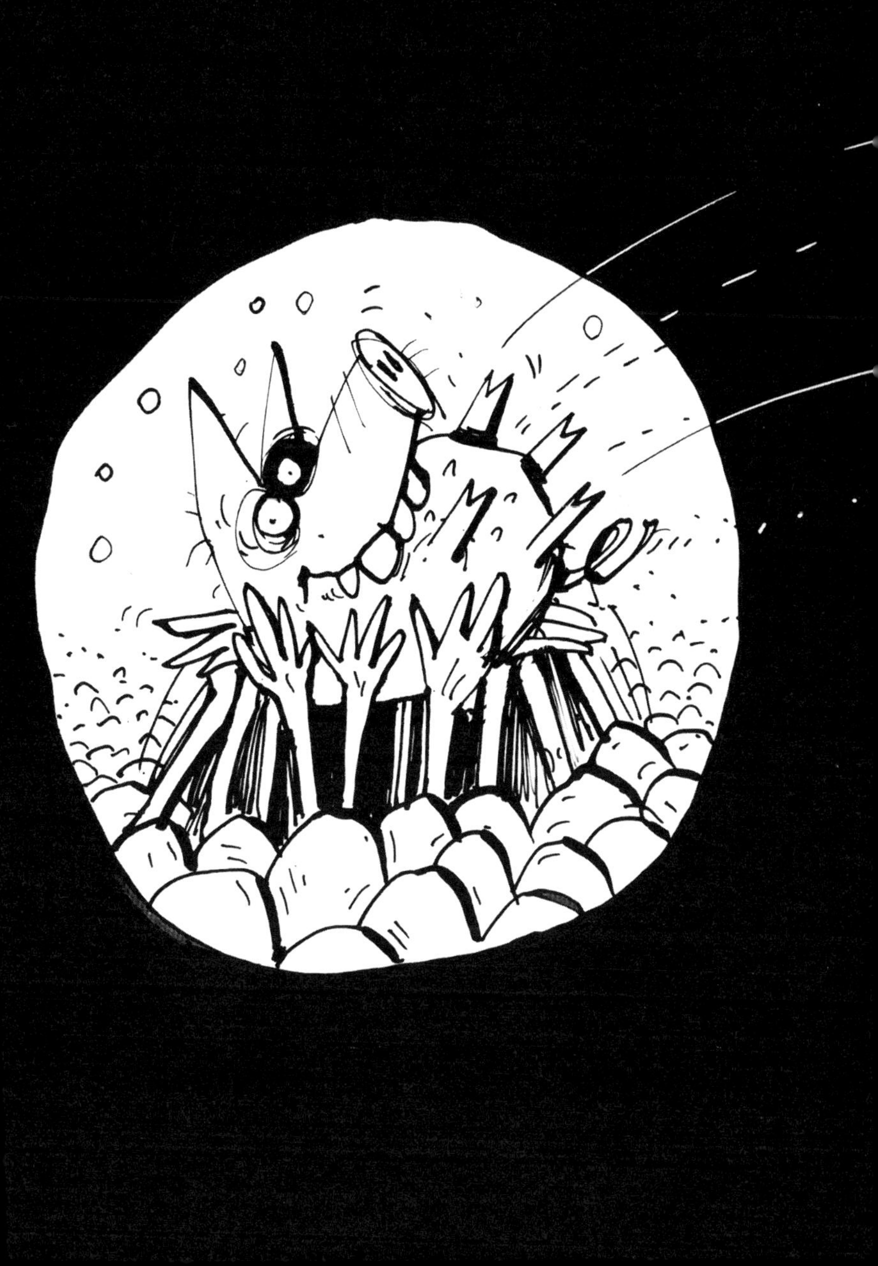

Dalai-Lama

Es sondert, und das nicht zu knapp,
Den ganzen Tag lang Weisheit ab
Und dankt für dein Gestreichel
Mit einer Ladung Speichel.

Dreckspatz

Man wasche ihn bei 60 Grad,
Und schon entspringt dem Automat
Mit einem kühnen Satz
Ein eingelaufner Spatz.

Drehwurm

Keine Impfung existiert
Gegen ihn. Er schikaniert.
Tröstlich nur: Sein Naturell
Fesselt ihn ans Karussell.

Eierlegende Wollmilchsau

Eines Tags im Rosengarten
Paarten sich vier Nutztierarten.
„Leute: Alles kann, nichts muß!“,
Rief das Rindvieh vorm Erguß.

Blindekuh

Nie sah sie die Sonne funkeln,
Doch die Artgenossen munkeln,
Daß sie, wenn man sie nicht stört,
Jeden Grashalm wachsen hört.

Bücherwurm

Seit' an Seite sitzen stumm,
Seit' für Seite blättern um
Unsre kleinen Professoren
Mit den Stöpseln in den Ohren.

Nikolaus

Einmal nur im ganzen Jahr
Ist das Tier beobachtbar:
Wenn es abends im Advent
Über deine Leber rennt.

Eichkätzchen

Sieht man es auf leisen Pfoten
Um die Küchenwaage schleichen,
Packt es bald auch seinen Hammer
Aus, um das Gerät zu eichen.

Werwolf

Wer den Wolf kennt, weiß sehr gut,
Was er stets bei Vollmond tut:
Hoch aufs Dach und dort kurzum
Spielt er an Frau Luna rum.

Partylöwe

Unsre Tiere suchen Paten!
Leute, die den Sonntagsbraten
Auch mal mit dem Raubtier teilen
Und ihm seine Nägel feilen.

Falscher Hase

Keine Ohren, keine Nase
Hat der Hackepeter-Hase.
Deshalb steht der unbehaarte
Nur auf unsrer Speisekarte.

Muskelkater

Abends steigt der burschikose
Bursche aus der Trainingshose,
Um zu kraulen mit der Tatze
Seine Frau, die Muskelkatze.

Geschenkter Gaul

Einst ein Rennpferd ohnegleichen,
Mußte er dem Nachwuchs weichen.
Heute steht er unberitten
Und zeigt jedem seine Dritten.

Stimmvieh

Das Parteiprogramm gelesen
Hat es nicht. Sein frommes Wesen
Läßt es an die Urne rennen
Und sich artig *Wähler* nennen.

Stubentiger

Eine Bonsaikatze frißt
Nicht sehr viel. Was nützlich ist.
Denn wie predigte schon Luther:
Sparett nit am Catzenfvtter.

Planierraupe

Diese größte Raupenart
Ist robust und winterhart.
Nach dem Puppenstadium
Fliegt sie bald im Weltall rum.

Eidechse

Tausend Eide schwor die Echse,
Doch dann tauchte eine Hexe
Auf, und wie durch Zauberei
Sind jetzt Meineide dabei.

Rammbock

Da hängt er in den Seilen,
Um Tore zu zerteilen.
Verlorn sind Malz und Hopfen:
Der lernt nicht, anzuklopfen.

Popstar

Hier im Zoo läuft jedes Reh weg,
Wenn er selbstverliebt zum Playback
Piept. Doch draußen in der Welt
Gilt er als Tenor und Held.

Wäschespinne

Eine Krone wie ein Baum
Hat sie und bewegt sich kaum.
Doch die nassen Socken keck
Trocknen flink und flattern weg.

Schlaufuchs

Füchse gab's und gibt es heute,
Die, fernab von jeder Meute,
An der Welt sich nicht verdrießen,
Sondern hübsch die Fuchsien gießen.

Nachteule

Daß das Tier am Tage gähnt,
Hatte Darwin schon erwähnt.
Daß es nachts säuft, und zwar Mate,
Steht bei Dr. Dr. Dathe.

Plüschtier

Heiß geliebt von Kind und Kegel,
Ist sein Glück beinah vollkommen.
Manchmal fühlt es sich ein bißchen
Zu oft auf den Arm genommen.

I ♥
Beer

Papiertiger

Diesen Tiger von der Leine
Ließ Herr Mao. Er alleine
Dachte sich das Wesen aus.
Weshalb nimmt es nicht Reißaus?

Sackratte

Seit es stark in Mode kam,
Sich die Achseln und die Scham
Zu rasieren ganz erheblich,
Sucht man dieses Tier vergeblich.

Hausdrache

Wird es dir zu bunt, dann kaufe
Einen Luftballon und laufe
Hin zu ihm in tiefem Schweigen
Und laß deinen Drachen steigen.

Goldesel

Tausend Kinderhände griffen
Seinen Hals, und fröhlich pfiffen
Sie ins Bronze-Eselsohr.
Abrieb lockt das Gold hervor.

Lockvogel

In der Brunftzeit stürzen alle
Vögel in die Liebesfalle,
Die zuvor einander lockten
Und nicht nur im Nest rumhockten.

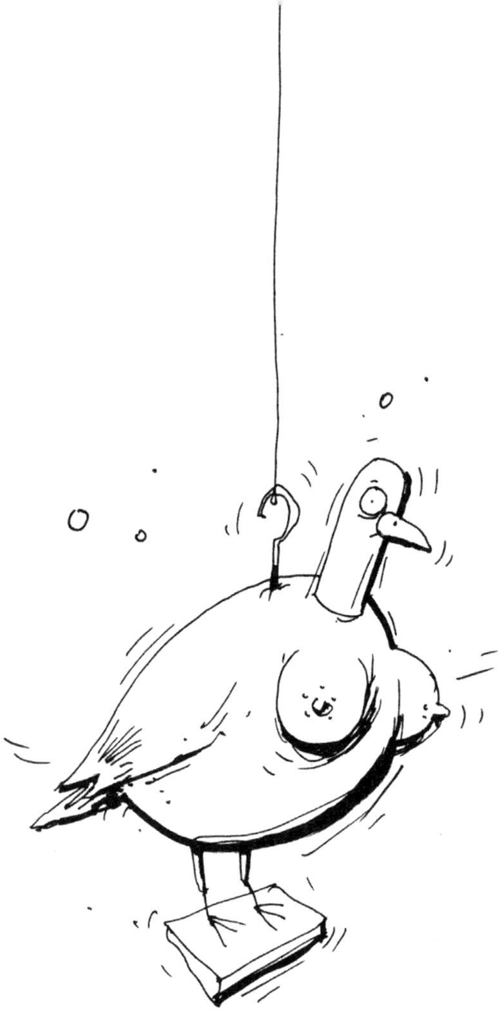

Baulöwe

Dieses Tier hat sein Gehege
Selbst errichtet! Ein Stratege
Ist er ja: Die Finanzierung
Überließ er der Regierung.

Friedenstaube

Als sie seinerzeit entstand
Unter P. Picassos Hand,
Sagte der mit bittrem Lachen:
Deinen Job möcht' ich nicht machen!

Notbremse

Diese Gattung ist stets rot
Und bewegt sich nur bei Not.
Aber dann steht alles still,
Wenn dein starker Arm es will.

NOT BREMSE

Vollmeise

Dreiundfünfzig Meisenarten
Nisten gern in Haus und Garten.
Dabei gilt’s zu unterbinden,
Daß zwei Halbmeisen sich finden.

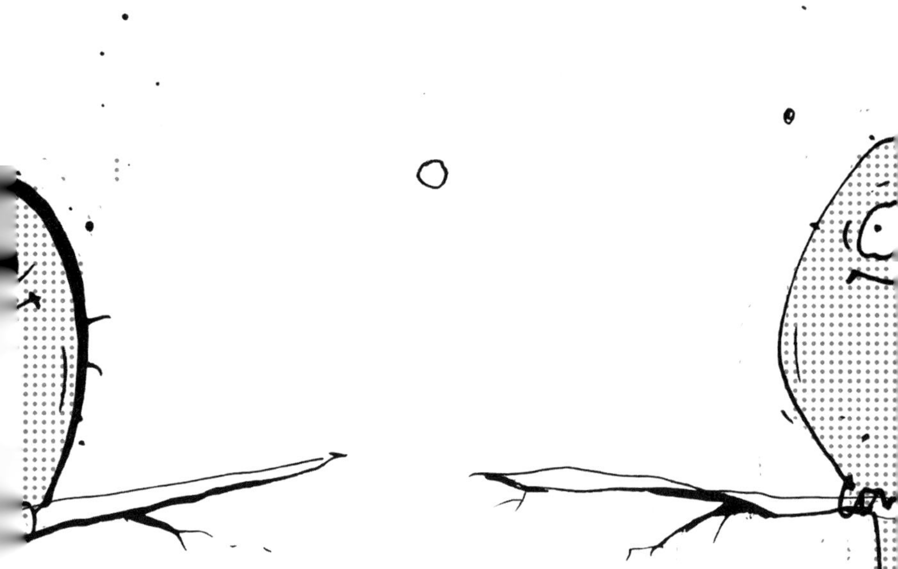

Mucksmäuschen

Im Regal hier finden Sie
Filzpantoffeln, denn nur die
Drosseln jene Lärmkulisse,
Die das Tier in Stücke risse.

Mondkalb

Dieses somnambule Tier
Steht nachts auf und ruft nach dir.
Doch du hörst nicht, wie es Muh macht,
Weil der Zoo am Abend zumacht.

Muh!!

Honigkuchenpferd

Zwischen hochgewachsnen Binsen
Lugt ein grundlos breites Grinsen
Jäh hervor. Mit etwas Glück
Grinst du ebenso zurück.

Regensburger Domspatzen

Diese lieben Vöglein sangen
Oftmals völlig unbefangen
Für ein halbes Toffifee
Vor der NSDAP.

Spaßvogel

Einen Clown zum Frühstück frißt
Dieser Hobbyhumorist.
Muß der Pfleger zu ihm rein,
Kriegt er sich kaum wieder ein.

Sündenbock

In die Höhe sieben Meter
Türmen sich die Schwarzen Peter,
Die man ihm schon zugeschoben,
Um sich weiter auszutoben.

Unschuldslamm

Hat es etwas ausgefressen?
Seinen Trog. Doch unterdessen
Scharrt es ständig mit den Hufen.
Sollen wir die Bullen rufen?

Fleischwolf

Hackepeter und der Wolf
Hieß die Kindersinfonie,
Da sind sich die Forscher einig,
Selbst im frühen Urtext nie.

Kredithai

Grünschnabel und Dummerjan
Stehn auf seinem Speiseplan,
Und er würzt sie ungeheuer
Mit dem Zinseszinsenstreuer.

Pechvogel

Als Frau Holle ihrerzeit
Pechmariens weißes Kleid
Ruinierte, ungelogen:
Ist er grad durchs Tor geflogen.

Stiesel

Diese Kreuzung ward verursacht
Durch ein Beben in den Anden,
Als ein Stinktier und ein Esel
Blindlings ineinander fanden.

Tafelspitz

Wir kochen ihn seit Wochen,
Und das nicht ohne Grund.
Schon Paul Bocuse bemerkte:
Das ist ein zäher Hund.

Luftschlange

Sie vermehrt sich dort verstärkt,
Wo es zimmerfeuerwerkt:
Ein beschwipstes Mütterlein
Haucht ihr dort den Odem ein.

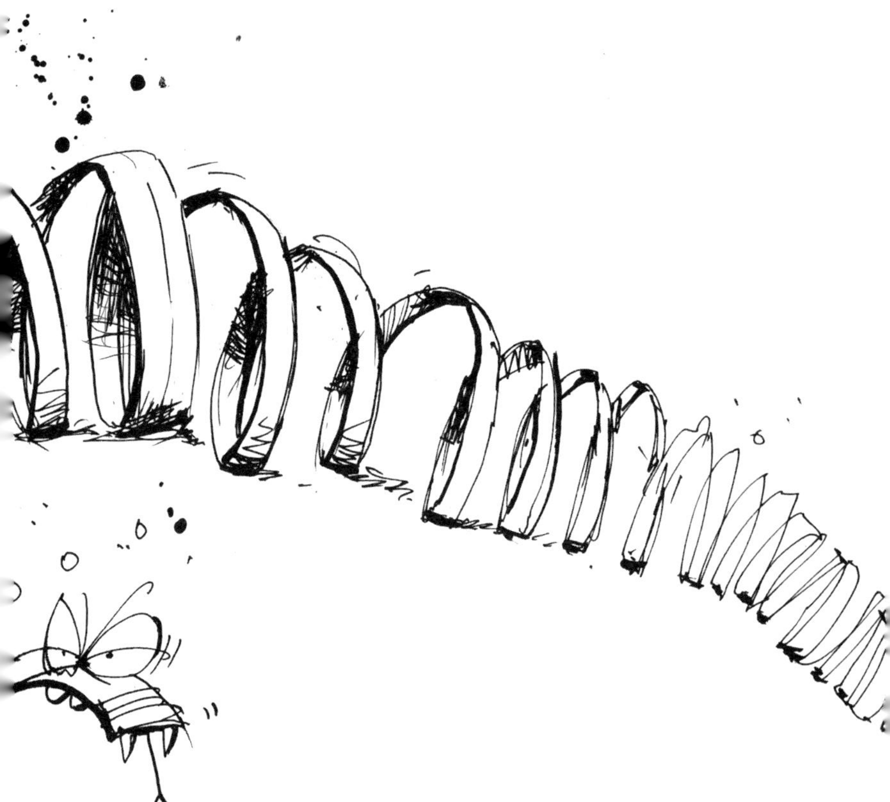

Zweireiher

Dieser steife Vogel ist
Eingefleischter Darwinist:
Seine Chance zu überleben
Steigt mit dem, was wir ihm geben.

Brummbär

Alle Anwohner verstummen,
Hören sie sein Bärenbrummen.
Schleudert er Verbalattacken,
Sitzt ihm meist der Alk im Nacken.

zZZ

Knallfrosch

In der Haltung anspruchsvoll
Ist er nicht und kein Apoll.
Doch er hat auf jeden Fall
Einen ordentlichen Knall.

Spelunke

Schon dem alten Alfred Brehm
War das Alkoholproblem
Dieser Unken aufgefallen,
Weil sie, statt zu unken, lallen.

Musketier

Täglich schwingt es seinen Degen,
Um den Wärter zu bewegen,
Ihm die Türe aufzusperrn.
Das jedoch liegt dem ganz fern.

Frechdachs

Kindlich kühn in seinen Launen,
Ist der Frechdachs zu bestaunen.
Wenn er sich erfrecht im Zoo,
Dann nur *coram publico*.

Stofftier

Eine große Sorge vieler
Tierparks sind die Drogendealer.
Fraglos paßt zum Sortiment,
Daß ihr Boß sich *Stoff*tier nennt.

Steckenpferd

Pferdeaugen sehn dich an,
Und du schmilzt. Doch hintendran
Striegelt deine Frau mit Latz-
hose ihren Wallach, Schatz.

Ohrmuschel

Diese Muschel hört im Wach-
zustand ohne Pause Bach.
Erst bei minus 14 Grad
Wird es still im Habitat.

Tontaube

Ohne Fenster und Gardine
Wohnt sie in der Wurfmaschine,
Bis ein Herr beim Schützenfest
Seine Flinte gurren läßt.

Dreispitz

Morgens sprach der Alte Fritz
Noch vorm Katerfrühstück: Sitz!
Saß er, war sein Tag gemacht.
Saß er nicht, dann gute Nacht …

Rosinenschnecke

Auferstanden aus Rosinen,
Milch, Mehl, Zucker, Butter, Salz,
Einem Ei und etwas Hefe,
Steuert Rosi Richtung Falz.

Blumenstrauß

Dieser Vogel, keine Frage,
Sah schon deutlich beßre Tage:
Leider läßt sich nicht vermeiden,
Ihn fast täglich anzuschneiden.

Maulaffe

Viele unsrer Gäste scheuen
Keine Mühe, um dem neuen
Maulaffen die Show zu klauen
Und beim Gaffen zuzuschauen.

Unglücksrabe

Manche werden vom Geheimdienst,
Andere vom Pech verfolgt.
Der hier leidet simultan
Auch noch an Verfolgungswahn.

Problembär

Sehen Sie: Dort liegt erneut
Auf der Couch von Siggi Freud
Unser Bär mit den Problemen.
Nein, die läßt er sich nicht nehmen.

Ende